纽约伊丽莎白·莫雷的冒险

在澳大利亚的海洋故事中，从1788年的菲利普船长时代到本世纪"五十年代"末期，美国的船只和海员几乎没有参与。首先，他们带着贸易商的身分来到悉尼湾港，向半饥饿的定居者出售货物，然后作为捕鲸者，在又过了三十年之后，星空的旗帜可能会在太平洋上的任何地方遇到，从无菌的海岸阿留申群岛到新西兰和塔斯马尼亚岛的海岸。

1804年10月的一个清晨，美国船工会驶入悉尼首府，将锚抛入海湾。她最后一次来自友好团体的主要岛屿汤加塔布。船长说，当她被负责港口的海军军官登上船首并检查了文件时，船长说，他与试图切断船只的通加塔布人进行了一次非常激动人心的冒险，在那里当时，他登上了一位名叫伊丽莎白·莫雷 的年轻女子，他从野蛮人中被俘虏获救。

几分钟后，这位年轻女士出现在主舱中，并被介绍给了军官。她的年龄大约是六岁到二十岁，举止"极富吸引力"。然而，尽管她表示愿意在岛民中讲述自己的冒险经历，但她拒绝透露自己的出生或父母身分，但她是纽约人，而且早在几年前就进入了海角充满希望。

就工会主人而言，她的救助令人担忧，她的非凡叙事在所有细节上都得到了证明，她说，工会主人对她的同情和尊重是不容置疑的。

这是她的故事：

1802年2月，当她住在充满希望的海角时，她结识了梅尔顿船长，他是美国轮船波特兰的船长。他长相潇洒的外表，明显无限制的金钱命令以及对不幸女孩的深情抗议很快使她对自己的进步做出了回应，并最终同意陪伴他前往南太平洋的岛屿。

经过一段繁荣的航行，波特兰到达了通加塔布岛上现在被称为努库阿洛法港口的地方。在锚定后的几个小时内，梅尔顿船长收到了一个名叫多伊尔（）的白人的纸条，他是岛上唯一的欧洲人，要求他上岸探望酋长，他特别希望见到他并获得援助。抵制来自邻近岛屿哈白岛的入侵。梅尔顿知道这个人道尔是范·迪德曼土地上逃脱的罪犯，他至少会小心翼翼；如果他知道这个人另外是一个叛逆和嗜血的恶棍，他将拥有一个锚定的锚，然后航行逃脱他的命运。但是多伊尔在他的笔记中列举了协助酋长将给他（梅尔顿）带来的好处，海员跌入了陷阱。这封信的作者说："你必须努力，至少派出一支装备精良的船员。"

梅尔顿是一个有弹性的人。他毫不犹豫地在这场野蛮的争吵中对这场争辩的正确或错误的一面感到困惑，他迅速地遵守了流浪者的要求，并呼吁志愿者。整个船公司都做出了回应。大副吉布森（）选了四个人；安德森，第二副官，八个人，这些立刻被船长送到岸上。

订婚在第二天就结束了，酋长的美国盟友（莫雷小姐称杜卡拉小姐为敌）对敌人实施了可怕的屠杀，并返回船上，他们对自己以及他们的本地朋友非常满意，后者向他们保证了每一次放纵可能满足他们的口味。

傍晚时分，杜卡拉亲自上船，并感谢船长的协助。他整夜睡在笨拙的地方，遭到破坏部长多伊尔（）的陪同，并于清晨离开，承诺在船上提供充足的茶点，以换取部分回馈，并要求当晚将船只送到把他的礼物运送到船上。酋长返回海岸后的几个小时内，看到数百名顽固的土著人将一篮子的粮食运到海滩，并将它们堆积成堆，以备船用。在这个阶段，梅尔顿似乎对在天黑后将船上岸的想法产生了某种怀疑，因为他给了队友指示，直到他下达命令才派船。然而，这位同志女孩被汤圆女孩的美貌所迷住，她以一种非常非常规的方式表达了她对战斗能力的无比认可，对当地人的善意充满了最大的信心，并把自己带到了违反船长的命令；因此，正好在白天破晓时，有两艘船被放下，船长在他的船舱里睡着了。

几个小时之内，两艘船中的较小的就返回了，上面装有山药，""（塔帕布），烤猪和鱼。她被流浪汉道尔操纵，并被船上的两个男孩划着船，而不是把她带上岸的四个男人划船。必须提到的是，这些男孩已经成为较大船员的一部分，并留在海滩上，而这些人是在多伊尔及其同谋的邀请下进入村庄的。因此,当道尔()出现并说他希望下船时,他们对阻止其船友重返船上的一切一无所知,其他人将在以后跟进。

伴随着这艘船的是一群独木舟,上面摆满了数百只野蛮人,他们被允许并排走去,尽管女孩莫雷对他们野蛮的面容感到非常恐惧,以至于她恳求情人立刻回想起他其余的男人并抛锚。。然而,尽管梅利顿由于船上的船员不在场而处于悬念状态,但她还是很冷静地回答。

他说:"两个男孩和道尔说,他们举手到酋长家看一场土著舞蹈。""他们回来时,我会为此惩罚他们。"

同时,船被卸下,并再次与两个男孩一起被送上岸,而多伊尔的当地朋友从船上任何容易接近的地方爬上了船。这位流浪汉本人是一个看上去很野蛮，肤色黝黑的子，穿着一身衬衫和裤子，现在船尾上来了，再次向船长保证，他不需要对现在扎堆在甲板上的大量赤裸裸的野蛮人感到震惊。，从右起的锚机到车轮。也许，但是，反派分子在他邪恶的心中有些人道的感觉，因为看到了莫雷姑娘的恐惧表情，他建议她应该走到下面，直到当地人回到岸上。

但是她对她充满了迫在眉睫的危险，以至于她拒绝离开船尾，恳切地恳求梅尔顿，"为了上帝，要留心，不要把自己逼到主甲板上的野蛮人之中。"

流浪汉瞥了她一眼-半怒，半可惜；然后他的左手突然将她冲到一边，凶猛的吼叫扑向梅尔顿，将匕首刺入不幸男人的喉咙。转眼间，他的野蛮追随者就开始了屠杀工作。吉布森，大副，船长和四名海员很快被染死在沾满鲜血的甲板上,他们的头被岛民的棍棒打倒了。

两个小伙子,莫雷小姐和她的黑人女仆,被幸免了,但匆匆下楼。

多伊尔的命令将被谋杀的人的尸体立即扔到了鲨鱼身上,然后他指示当地人清理甲板。

伊丽莎白·莫雷(伊丽莎白·莫雷)在目睹的可怕场面中惊恐万状,企图跳水,但是流浪汉在她上甲板时抓住了她,敦促她不要受到惊吓,并答应"以处女的名义"不要伤害她 甲板上所有血腥工作的痕迹被清除后,这个昏迷不醒的女孩就被抬起身,放在独木舟上,带到岸上,交给酋长妻子照顾。

当她下意识时,她从道尔那里得知,船公司中所有还活着的人都是她自己和仆人,一个马来水手,五个男孩和一个老水手，这是一个矮人。后者显然是幸免了，这是由于当地人将他列为男孩，或者是因为他们厌恶对任何身体或精神上的伤害。

接下来的三天是当地人在卸船时度过的，这项工作是在道尔（）的指挥下以最系统的方式进行的，船员的幸存者被迫协助完成任务。货物主要由棉包组成，不到一周就被运到岸上。然后，岛民开始拆除这艘不幸的船。到第八天，除前帆和主帆外的所有帆均未弯曲并上岸。

在今天的下午，但是有六个本地人在船上。他们与五个"男孩"（可能是十八岁以下的小伙子）以及前面提到的矮人水手"拼写"了一个小时左右，然后才开始松开上帆，这时他们注意到他们的绑架者已经离开了警卫队，那个勇敢的小矮人决心重新上船。几分钟后，他赢得了年轻的船员的支持。他们答应支持他直到最后。他们用斧头,铁制的固定销,手枪,任何可能沉重的致命武器静静地武装自己,他们等待信号开始发动攻击。染过血的凶手道尔()躺在遮阳棚下的天窗上,半睡半醒,毫无危险。他的同伙们睡着或在主甲板上闲逛。

六个白人之间传来了一些匆忙而耳语的话。然后,矮人手里拿着斧头,轻忽地举起大便,将其放到甲板上。然后他转过身,敏捷的海员注视着周围的环境。贸易风刚吹来,这艘船(尽管是一艘五百吨以下的重装船)在她的钢索上拉得很紧,低矮的,手掌包扎的海岸近两英里。他拿起斧头,朝道尔跑去,将武器埋在怀里的头上!

在不到五分钟的时间里,可怕的工作就完成了,道尔和六个汤加人在甲板上的刺痛中颤抖着,甲板上仍然被自己的罪行痕迹弄脏了。在岸上的原住民意识到发生了什么事之前,电缆被剪断了,帆板松开并铺满了地板,波特兰通过环绕海港的危险珊瑚礁网络直立大海。夺回她是血腥的行为,但是在这种情况下,自我保护的法律是不可阻挡的。

伊丽莎白•莫雷 因绑架者的哭泣而陷入沉睡,来到酋长院的门口,站着看着那艘船,尽管这只船在她的前帆和主帆下,但仍在水中快速滑行。在两个小时内,波特兰安全了,那个心碎的女孩跪下哭泣。她现在已经一个人呆着了,因为她的黑人仆人女人带着道尔()上船去取了些衣服,被带走了。波特兰船员中唯一剩下的成员是马来人,她的本能使她恐惧。因为,自从该船公司发生大屠杀以来,他有一天嘲笑着问她是否不能"清理他的外套"。他的外套是梅尔顿的白鸭绒外套,这件被囚禁的衣服再次把爱人之死的一切恐怖带到了她面前。

然后经历了十五个长时间的恐怖，痛苦和痛苦。她是一个女人，她可怕的命运让人感到最可惜。她遇见梅尔顿船长并陪伴他的命运航行之前的过去，无论是过去的经历，还是可以想象到的，但她并没有提出或暗示她在痛苦的十五个月中所遭受的苦难，但这位爱住的神经质的"新女性"作家除外。污秽，腐化，恐惧和憎恶清洁健康的心灵。

1804年8月，楠塔基特岛的美国捕鲸者联盟在悉尼湾刷新后，当时叫杰克逊港，随后在南海诸岛之间进行了一次捕鲸活动。她于9月最后一天到达。锚松开后，一队独木舟出现了，乘员向彭德尔顿船长及其军官进行了最友好的示威。在领先的独木舟上是一个船长被当作马来人的人，在被质疑时，这种推测被证明是正确的，他用断了的英语告诉彭德尔顿，该船将被提供大量的新鲜食物，水和木材，如果船上的船被上岸了。船长的船随即转身降下，由船长和先生六个人载人。超级货运约翰·波士顿与他们同行。这些人被武装着六个步枪和两个弯刀。

一旦船离开了船上，当地人就变得很麻烦，爬上链板，迫使自己大量登船。首席搭档丹尼尔·赖特似乎比大多数可怜的傻瓜更有道理，这些可怜的傻瓜由于自己的疏忽，造成了（甚至至今）造成了这些南海悲剧。他聚在一起，试图赶走入侵者，但是尽管他努力了，但还是有三十四十人守在甲板上，他们在独木舟上的同胞们迅速将他们带到了许多军营。

莱特以最大的机智和明显的幽默精神，终于成功地清理了甲板，使除酋长以外的所有当地人都热闹起来，伸向独木舟。他（赖特）是个身材魁梧，健壮的新英格兰人，在他被捕鲸之前曾在美国海军服役，他知道在紧急情况下保持冷静和纪律的价值，尽管他感到很愿意向首领下枪，尽管实际上告诉他的人民"因为时间还没有到，"但这次却一直假装支持他的权威。

这位酋长的名字在1804年的悉尼宪报上没有给出，但可能是波特兰大屠杀的同一"杜卡拉"，或杜卡拉的之一。即使是现在的基督教徒，也就是1900年宽容年的同龄人，即使他在欺骗或欺骗他的白人债权人这一小事上，他的意思也是恶作剧。下降到他的独木舟，他带领整个船队到海滩。然后，伴侣升起了少尉，并开枪射击，警告岸上该船公司的人员返回。

没有注意到这个信号，目前是通过他的玻璃先生。赖特看到船长的船宽阔地躺在海滩上，周围是一群岛民，没有船员。这足够令人震惊。现在已经是下午了，彭德尔顿上尉缺席了五个小时。他立刻得出结论，乘船上岸的人要么是囚犯，要么是被谋杀的人。他确信，派另一艘船追随他们，只会造成整个船公司的详细毁灭，并最终使该船蒙受损失，而不会产生任何好处。因此他向船尾打电话，解释了情况，并开始准备抵抗捕获。所有可用的枪支都装满了，形成船舶压舱物的沉重石头沿着水路前后放置，随时准备砸烂他预期会出现的独木舟，点燃试射性的大火，并进行巨大的尝试，装满水的锅，沸腾时将其倒入桶中，以增加防御力；电缆已经准备好打滑，帆也松开了，向他建议的所有其他预防措施也已做好。

太阳落入西部海域，船长的船上仍然没有迹象。在岸上，不祥的寂静盛行，尽管不时地，它会被海螺壳怪异的，共鸣的隆隆声打破。船上所有人，每个人手里都拿着火枪，保持着敏锐的望，整个夜晚最大的忧虑就是夜晚。

几乎在黎明破晓时，人们看见有两个独木舟从努库阿洛法海滩伸出来，朝船驶去。他们由年轻的同志"雄鹿"（）载人，后者在回答同伴关于船长及其船员下落的问题时，以手势回应了他，该手势被船公司正确地解释为意味着他们的战友全部被杀死，并且轮到他们了。这激怒了海员，以致他们试图引诱先生。莱特向独木舟开火，销毁它们，并在情况恶化之前将船撤离。但是伴侣却希望他在岸上的人还活着，并且希望他能救他们，所以拒绝服从，整个白天和黑夜都没有发生。

第二天早晨，几只独木舟进入冰雹，然后下潜。其中一位是马来人，他要求队友上岸，因为船长和超级货希望见到他。伴侣暂时定居下来，要求马来人登船解释事情，但他拒绝了，回到了岸上。

几个小时后，他又出现在独木舟车队的头上，然后又出现在摩根先生身上。莱特非常惊讶，他看到马来人由一位年轻的白人妇女陪伴，她坐在独木舟的前支腿上，马来人是舵手。舰队将手枪射入船内，然后那个女人站起来用英语打电话给他，

"到岸上去见船长。他想和你说话。"

伴侣没有回答，但向独木舟舰队靠近。然后，当他再次注视着那位白人妇女时，他很慈悲地看到了她，周围的野蛮人没有注视着她，她猛烈地向他摇了摇头，以不遵守她的要求。

舰队走得更近了，伊丽莎白·莫雷再次被要求再次要求他"到岸上去见船长"。赖特推测自己是在胁迫下行事

，似乎对她的要求没有多大注意，但告诉马来人（马来人似乎是在指导当地人），他将等待船长。然后，独木舟舰队转身前往岸边，这名俘虏的白人妇女给同伴一个绝望，痛苦的神情，这不仅使他对她感到最深切的慰问，而且几乎使他确信可怜的彭德尔顿和其他人都死了。

又一个充满焦虑的夜晚过去了，黎明时分，又有一个独木舟飞了下来，由六个马来人带领的武装本地人载着人，载着莫雷小姐。这个独木舟随后被其他许多人追随，但仅独木舟就足够靠近鲸鱼进行交流了。她的野蛮船员一点一点地靠近，极其怀疑地看着船上人员的一切动作。站在右舷便便中断处的那位伴侣希望他们离得更近，手里拿着一条面包，他说他想送给白人妇女。面包被封在一张白纸上，他在上面写了这些话：

"我担心所有在岸的人都会被谋杀。我将在这里待几天，希望您能逃脱给我们。"

野蛮人呆了几分钟，看着那个白人，显然对他试图诱使他们靠近并拿起一条面包的企图感到厌恶，将其放在铁轨上并点燃了烟斗。马来人再次敦促他上岸"见船长"，但莱特不耐烦地打了个手势，告诉他如果他想讲话必须走近一点。那个流氓确实把独木舟拉近了一些，然后停下了脚步。

然后那个女孩再也无法克制自己了，站起来哭了起来-

"你在岸上的所有朋友都被杀了。"然后她跳入水中，游向船。

独木舟上的土著人大吼大叫，但船上的步枪火和两个装有铁螺母和螺栓的汽车门廊的雷鸣声对此作出了回应，其中一个已经准备就绪。船尾，另一个在高高的前桅上－女孩及时赶到船侧，抓住一条救生圈，绑在一条抛向她的绳索上，赖特跳下舷，帮助这只可怜的生物爬上去侧入安全。

然后开始了一次绝望而愤怒的攻势，以占领这艘船。叛军马来人率领的野蛮人连续三次登船，但每次都遭到赖特和他勇敢的海员的殴打，工会周围的水晶水很快变红为深色。同时电缆被打滑了，就像波特兰一样，工会的公司仅凭一时的贸易风就免于死亡。在击退最后一次袭击后的半小时内，这艘船已脱离追击的危险。船只驶过通道后，莱特就将她抱到了地下，并想念莫雷（），莫雷（）精疲力尽，几乎歇斯底里，却很容易回答他的问题。

"夫人，你必须原谅我，但是我有责任立即问你一个重要问题。你确定彭德尔顿船长和超级货轮已经死了吗？

如果他们的命运有任何不确定性，我不能把这艘船撤走。"

"先生，我毫无疑问地恳求您。我看到两个绅士在我的眼前被俱乐部殴打致死。...他们被谋杀时正坐下来吃饭。一个人被马来人杀害，另一个被马来人杀害。{*}...先生，天哪，先生，请不要拖延！过去三天，当地人正计划夺取这艘船并谋杀其人民。"

然后，当她变得更加善解人意时，她使他感到满意，彭德尔顿上尉的所有政党都遭到残酷和奸诈的谋杀，并在工会到来之前向他讲述了她自己的可怕故事。

可怜的彭德尔顿和先生的破坏。她说，马来人曾计划波士顿。当他和他的亲朋好友发现他们无法诱导先生时。莱特通过派遣另一名船员在岸上来进一步削弱他的船公司，以使工会更容易被俘获，赖斯被命令在最可怕的威胁下充当诱饵。她下定决心要破坏他们的邪恶计划，或者死于未遂，她显然很高兴地同意了这种沉思的谋杀计划，因此，她与奸诈的马来人一起出现在独木舟中。

在先生的照顾下（现在是船长）赖特，这位年轻女子很快就在很大程度上恢复了她的健康和体力，当他向她宣布打算返回悉尼湾进行改装，然后再返回美国之前，她的喜悦无止境。正如我们之前所说，工会于1804年10月进入悉尼港，在那之前，被救女孩对救助者的单纯感激变成了一种更深刻和温柔的感觉。但是我们不能期望。

莱特船长向新南威尔士州当局报告后，莫雷小姐就上了岸，在莱特正在改装他的船时，一些军官的妻子最热情地待她。

几天后，一艘东印度船抵达悉尼港，该船的船长为赖特提供了有关波特兰和梅尔顿船长的一些有趣的细节。后者有独特的历史。1800年底，他出现在马尼拉，在那里他受命指挥一个先生的贿赂。约翰·斯图尔特·克尔，那个城市的美国领事。他的订单要送到巴达维亚，在那里处置他的货物，为马尼拉市场带来可退还的可归还货物，并且还得到了一张20,000美元的信用证，以使该船装载得更好。到达巴达维亚后，他将货物和行货卖给了讨价还价者，并在她的地方购买了波特兰号，一艘约400吨的船。他从巴达维亚写信给克尔（）（他似乎是那个时代的船长"欺负"海斯），向他介绍了他的所作所为，并提到他打算在南太平洋诸岛之间进行"长久的航行"，他没想到会在相当长的时间内回到马尼拉！

不用说，他还适当地兑现了$ 20,000的信用证，六个月后，他正式提出并接受了他的信用证。克尔。

然后，该波特兰在巴达维亚被一家荷兰商人的公司租用，前往塞拉湾装载大米并返回巴达维亚。航行到海湾，装载了他的米饭，然后不返回巴达维亚，而是去了法国小岛，在那里兴高采烈地卖掉了它。他在马尼拉得到的下一个陈述是，他在充满希望的海角度过了"真正的美好时光"，他迷人的举止和对金钱的控制（克尔的钱）使他成为许多朋友。然而，突然之间，他和波特兰消失了，正如我们所提到的，伊丽莎白·莫雷 陪伴了他。他已经说出自己要去美国西北海岸从事皮草贸易，但是，除了那个谣言，在工会到达杰克逊港之前，没有人听说过他，而伊丽莎白·莫雷则讲述了这个故事。他可怕的结局。

www.ingramcontent.com/pod-product-compliance
Lightning Source LLC
LaVergne TN
LVHW021750060526
838200LV00052B/3567